Nana

FichesdeLecture.com

Nana
(Fiche de lecture)

I. INTRODUCTION

Ce roman d'Émile Zola (1840-1902) est d'abord publié sous la forme de feuilleton dans la revue *Le Voltaire* d'octobre 1879 à février 1880. Il paraît en volume en 1880.

Nana appartient à la série des Rougon-Macquart, dont il est le neuvième volet. Zola a réfléchi longtemps à cet ouvrage, afin d'offrir au lecteur un véritable portrait de deux catégories sociales distinctes mais se croisant souvent, les courtisanes et les « viveurs ».

On y retrouve aussi bien des souvenirs et réflexions personnelles que des références de lectures et de recherches effectuées par Zola sur ce thème. Le succès est immédiat (voire anticipé), en raison de la qualité littéraire du roman, mais aussi de ses aspects provoquants et des thèmes choisis, très en vogue au XIXe siècle. Dès 1881 d'ailleurs, une adaptation théâtrale du roman est proposée au public.

II. RÉSUMÉ DU ROMAN

Chapitre 1

Le roman s'ouvre au théâtre des Variétés, à Paris. Le public assiste à une première, celle d'une toute nouvelle pièce classée supposée mythologique. On y retrouve un public d'habitués (aristocrates, bourgeois, journalistes, lycéens aux moyens élevés), qui discutent d'un choix récent du directeur du théâtre, Bordenave. Ce dernier a « déniché » une certaine Nana, comédienne dépourvue de talent mais capable d'exercer une grande fascination et une excitation équivalente chez les hommes du public, surtout dans son rôle de Vénus dépourvue de vêtements...

Chapitre 2

Nous sommes cette fois dans l'entourage de Nana, où circulent de nombreux visiteurs dans cet intérieur de femme entretenue. On y croise ainsi des fournisseurs, des clients, des prétendants, deux amies locaces et un coiffeur, ainsi que Daguenet, un ami très proche. Viennent aussi deux gentilhommes venus pour obtenir une faveur ; parmi eux se trouve le Comte Muffat, qui n'est autre que le chambellan de Napoléon III.

Chapitre 3

Dans le salon de la femme de Muffat, qui reçoit des invités de la haute classe sociale, les bavardages vont bon train. Tout le monde évoque discrètement le dîner et la fête qui doivent se tenir le lendemain soir chez Nana.

Chapitre 4

Le dîner se déroule dans une atmosphère de séduction, entre femmes aussi légères que lourdement fardées et prétendants, tandis que tout le monde boit beaucoup d'alcool et mange tout autant. La fête s'achève sur une sorte de débauche générale et des bagarres puis, dès l'aube, les invités partent au bois de Boulogne y boire du lait.

Chapitre 5

Un jour, un Prince vient visiter les coulisses du théâtre où se produit Nana. Dans sa loge, cette dernière profite de son succès et jubile. C'est le lieu où elle séduit le comte Muffat, qui voit son désir pour elle décuplé et entretenu par l'atmosphère des figurantes à demi-nues qui l'entourent...

Chapitres 6 et 7

Nana quitte Paris quelque temps pour se reposer en vacances à la campagne. Là, elle se retrouve voisine de la comtesse Muffat. De nombreuses personnes arrivent de Paris, et les sociétés se mêlent pour faire la fête. Désormais, Muffat est totalement obsédé par Nana et ne peut s'empêcher de la filer. La comédienne, malgré son manque de talent, est devenue célèbre. On l'appelle « la Mouche d'or » suite à un article de journal. En tout cas, Nana aime s'autocontempler et parler avec Muffat de l'amour, des femmes... un véritable jeu se met en place.

Chapitre 8

Poursuivie par ses créanciers, elle se réfugie dans un appartement avec Fontan. Ce dernier, toutefois, est un personnage avare et violent, ce qui pousse Nana à se jeter dans les bras de Satin, une jeune femme avec laquelle elle entretient une amitié amoureuse ; Mais cela la mène dans la rue et à se prostituer. Un jour, une rafle conduit à l'arrestation de Satin.

Chapitre 9

Au théâtre des Variétés, la vie continue : une nouvelle pièce est mise en scène. Nana profite de l'intervention du Muffat en sa faveur pour obtenir le rôle initialement dévolu à Rose Mignon. Mais Nana ne peut incarner de manière satisfaisante le rôle d'une femme honnête, ce qui conduit à un véritable désastre théâtral.

Chapitre 10

Malgré l'échec de la pièce, Nana parvient à devenir une courtisane luxueuse et elle s'installe dans un hôtel de haut rand. Elle y est entretenue par Muffat, qui n'a rien perdu de son désir pour elle. Toutefois, d'autres hommes, ainsi que Satin, viennent lui rendre visite... parmi eux, les deux frères Hugon.

Chapitre 11

Un beau jour, une pouliche de course est nommée Nana. Parmi la foule, la comédienne assiste au triomphe du cheval qui porte son nom lors du Grand Prix de Paris, auquel même Napoléon III assiste.

Chapitre 12

De manière paradoxale, Nana essaie à la fois de remettre Muffat dans le droit chemin et d'exploiter ses faiblesses par la même occasion.

Par exemple, elle obtient un mariage entre Daguenet et la fille de Muffat, Estelle. Une fête est donnée pour célébrer le contrat de mariage.

Chapitre 13

Le rythme du roman s'accélère, les intrigues se succèdent. Muffat surprend Nana avec l'un des frères Hugon, ce dernier finissant d'ailleurs par se suicider pour elle. Son frère dérobe de l'argent dans la caisse de son régiment ; pendant ce temps, Nana ruine ses amants successifs et épuise Muffat, qui s'accroche toujours à elle.

Chapitre 14

Quelque temps a passé. Nana est désormais en Russie, après avoir amassé une immense richesse. Mais elle tombe malade et en meurt, après être revenue voir son fils mourant de la variole, et tandis que ses amies courtisanes d'autrefois continuent leurs activités auprès de nombreux prétendants masculins. Nous sommes alors au temps de la guerre de 1870, à la fin du Régime politique en place. Nana décède alors que la foule crie : « A Berlin ! »

III. PRÉSENTATION DES PERSONNAGES PRINCIPAUX

Les personnages sont une composante fondamentale de l'analyse de *Nana*, car ils s'inscrivent dans l'ensemble du cycle des romans composant les Rougon-Macquart. On ne peut donc les réduire à un unique ouvrage, et la lecture des autres récits permet de compléter leur portrait.

Nana

Nana est le personnage central de l'histoire, à qui elle a donné son nom. Elle aurait été inspirée à Zola par Blanche Dantigny (actrice française). L'ensemble de l'oeuvre des Rougon-Macquart nous en apprend plus sur ce personnage : elle est la fille de Gervaise et de Coupeau et est née à Paris. Son surnom vient de son véritable prénom, Anna. Dès six ans, elle se montre insupportable, notamment à l'école. À treize ans, elle devient apprentie fleuriste et continue d'avancer sur la pente glissante de la déchéance au contact des garçons de son quartier. Abhorrant le travail, elle méprise sa famille et devient ouvrière pour survivre. De plus en plus coquette, elle finit par se faire entretenir. (voir aussi l'*Assomomoir*, de Zola). Elle est mère à seize ans, mais ne connaît pas le père de son enfant. C'est dans le roman *Nana* que nous la retrouvons, après plusieurs années de péripéties auprès des hommes. Le directeur du théâtre, Bordenave, l'a choisie pour sa pièce en raison de son physique attrayant auprès des hommes. Elle y obtient un succès important malgré son manque de talent. Cela décuple son égocentrisme et la pousse à se jouer des hommes et se faire entretenir, notamment par le comte Muffat. Se pensant supérieure à la moyenne de la population, elle aime s'amuser avec les hommes, à l'image de Georges Hugon qu'elle traite comme un enfant. De nombreuses liaisons se concluent donc tragiquement, notamment avec les deux frères Hugon.

Nana multiplie souvent les promesses, mais elle ne parvient pas à refuser ses avances aux hommes fortunés et puissants qui l'abordent, tels Vandeuvres. Toujours en quête d'argent, elle s'ennuie toutefois dans sa vie luxueuse. Elle développe une amitié amoureuse avec Satin, qui a fait couler beaucoup d'encre parmi les critiques littéraires. Sa mort est à l'image de sa déchéance, telle une lente pourriture intérieure (en fait la petite vérole, courante à cette époque).

Le Comte Muffat de Beuville

Le fils d'un général a connu une éducation très stricte. Il passe toute sa jeunesse dans l'ignorance des plaisirs de la chair. Cela peut expliquer l'intensité de son attirance pour Nana, une fois révélée. Il se sent redevenir jeune face à elle, et sa culpabilité catholique ainsi que sa trop grande rigueur s'effacent grâce à la courtisane. Mais en trois mois déjà, elle l'épuise et semble le corrompre de l'intérieur. Nana lui ment, le trompe, et il la découvre dans les bras d'autres hommes. Quoi qu'il en soit, le comte Muffat reste un homme très pieux, qui se retrouve ruiné par le temps et les circonstances.

Satin

Satin est une amie d'enfance de Nana, puisque les deux filles étaient ensemble dans une pension de la rue Polonceau. Elle est dans la rue dès l'âge de dix-huit ans. D'après les descriptions de Zola, elle est très belle et est dotée « d'une figure de vierge », ce qui peut sembler ironique. Elle est plutôt indifférente à l'argent (d'ailleurs la classe bourgeoise la dégoûte), mais s'amuse à persister dans un comportement de jeune voyou. Souvent poursuivie par la police, elle est amenée à coucher avec un inspecteur des moeurs pour ne pas être arrêtée. Mais elle est prise lors d'une rafle, tandis que Nana a le temps de s'enfuir. Leur amitié prend un tour amoureux quelque temps. On voit alors que Satin arrive à contrôler Nana.

Bordenave

Il est le directeur du théâtre des Variétés à Paris. C'est un homme à femmes, qui aime séduire mais n'hésite pas à se montrer brutal lorsque ses conquêtes le contrarient. Il est à l'origine du choix de Nana dans la *Blonde Vénus*.

Les frères Hugon

Georges et Philippe apparaissent tous les deux dans le roman. Georges est fasciné par Nana depuis qu'il l'a vue nue dans la pièce. Il vit un temps dans l'ombre de cette dernière, qui devient sa maîtresse. Son frère aîné est chargé par sa mère d'arracher son jeune frère à l'emprise de la comédienne. Mais elle le séduit lui aussi et il se ruine pour elle, ce qui conduit la mère des deux frères à intervenir pour que leurs finances cessent de partir au domicile de Nana.

IV. AXES D'ANALYSE DE L'OEUVRE

Courtisanes et prostitution

Le roman transmet en fait une sorte de leçon : Nana incarne la corruption d'une société, une lente pourriture à travers sa prostitution. À cet égard, les étapes de son existence apparaissent comme autant de symptômes d'une longue maladie. Elle ruine ses prétendants, détruit des familles, pratique le mensonge sans scrupules. Les hommes sont tous mis au même niveau d'infériorité, tels des objets à manipuler, qu'ils soient jeunes (les frères Hugon) ou plus âgés (le comte Muffat), peu riches ou au contraire très fortunés. Quel que soit leur profil, chacun d'entre eux connaît une fin humiliante ou tragique.

Nana incarne donc une maladie de la société, véritable gangrène sociale par la débauche. Elle est le symbole de ces « cocottes » qui soutiennent les membres de l'Empire et le système ; or l'époque veut que la prostitution soit très lucrative et représente un pan entier de l'économie (souterraine, il va s'en dire).

Cependant, ces femmes subissent aussi cette vie. Malgré les apparences de luxe, l'instabilité d'un tel type d'existence est grande, et il est facile de se retrouver à la rue ou emprisonnée du jour au lendemain. Elles deviennent irresponsables face au désir des hommes, car elles y perdent alors leur statut d'être humain au profit de celui d'objet sexuel exhibé.

Du point de vue du cas de Nana en particulier, sa prostitution apparaît comme une sorte de fatalité tragique, car elle s'inscrit dans un héritage de famille qui semble la condamner d'avance ; c'est pour cela que sa sexualité semble non maîtrisée et diverse (elle passe aussi par l'homosexualité avec Satin.

Le succès du tabou abordé

Bien que le sujet ait choqué une partie des lecteurs, l'ouvrage connaît un grand succès. Il faut dire que l'étude de la prostitution est à la mode au XIXe siècle, et qu'un débat fait rage : la prostitution est-elle un problème médical ou social ? C'est dans ce contexte que Zola fait publier *Nana*. Il essaie de rester fidèle à sa démarche naturaliste, en utilisant une toile de fond sociale et historique la plus précise possible, la plus fidèle aux évènements aussi. De plus, il y aborde un autre sujet provocant à l'époque, celle de la sexualité entre deux femmes. Il est de plus l'un des premiers auteurs à décrire des préliminaires d'acte amoureux.

En fait, la sexualité prend ici un caractère à la fois polémique et politique. La prostitution est en fait utilisée comme un prétexte pour délivrer une analyse et une critique sociale. L'idée d'un roman sur ce type de femme incarné par Nana remonte à la genèse de la série des Rougon-Macquart, mais c'est surtout en 1878 que Zola entame des recherches plus poussées sur ce milieu. Il lit les ouvrages concernant le sujet (le *Paris-guide*, par exemple), visite des hôtels particuliers. De plus, en tant que journaliste,

Zola est amené à écrire un article sur les rafles de prostituées organisées par la police.

Rapidement, l'ouvrage, qui sur certains côtés s'apparente déjà une sociologie de la déviance (même si nous sommes encore loin de Becker), se révèle être un grand succès en librairie. Dès 1893, 166 000 exemplaires sont écoulés, soit 40 000 de plus que l'*Assommoir*. Or ce dernier faisait déjà figure d'une des meilleures ventes de livres à la fin du XIXe siècle !

Il faut dire que la publicité par la revue *Le Voltaire* avait fait son effet, à travers ces quelques mots publiés en milliers d'exemplaires : « Lisez Nana ! ! Nana ! ! Nana ! ! » Malheureusement pour Zola, il n'a pas fini d'écrire son roman lorsque la promotion en est lancée. À peine le premier feuilleton paraît-il que, de plus, la critique et les passions se déchaînent.

Heureusement, Zola finit par conclure son roman et il est d'ores et déjà tiré à cinquante-mille exemplaires, annonciateurs déjà du succès à venir...

Dans la même collection en numérique

Les Misérables
Le messager d'Athènes
Candide
L'Etranger
Rhinocéros
Antigone
Le père Goriot
La Peste
Balzac et la petite tailleuse chinoise
Le Roi Arthur
L'Avare
Pierre et Jean
L'Homme qui a séduit le soleil
Alcools
L'Affaire Caïus
La gloire de mon père
L'Ordinatueur
Le médecin malgré lui
La rivière à l'envers - Tomek
Le Journal d'Anne Frank
Le monde perdu
Le royaume de Kensuké
Un Sac De Billes
Baby-sitter blues
Le fantôme de maître Guillemin
Trois contes
Kamo, l'agence Babel
Le Garçon en pyjama rayé
Les Contemplations

Escadrille 80

Inconnu à cette adresse

La controverse de Valladolid

Les Vilains petits canards

Une partie de campagne

Cahier d'un retour au pays natal

Dora Bruder

L'Enfant et la rivière

Moderato Cantabile

Alice au pays des merveilles

Le faucon déniché

Une vie

Chronique des Indiens Guayaki

Je voudrais que quelqu'un m'attende quelque part

La nuit de Valognes

Œdipe

Disparition Programmée

Education européenne

L'auberge rouge

L'Illiade

Le voyage de Monsieur Perrichon

Lucrèce Borgia

Paul et Virginie

Ursule Mirouët

Discours sur les fondements de l'inégalité

L'adversaire

La petite Fadette

La prochaine fois

Le blé en herbe

Le Mystère de la Chambre Jaune

Les Hauts des Hurlevent

Les perses

Mondo et autres histoires

Vingt mille lieues sous les mers

99 francs

Arria Marcella

Chante Luna

Emile, ou de l'éducation

Histoires extraordinaires

L'homme invisible

La bibliothécaire

La cicatrice

La croix des pauvres

La fille du capitaine

Le Crime de l'Orient-Express

Le Faucon malté

Le hussard sur le toit

Le Livre dont vous êtes la victime

Les cinq écus de Bretagne

No pasarán, le jeu

Quand j'avais cinq ans je m'ai tué

Si tu veux être mon amie

Tristan et Iseult

Une bouteille dans la mer de Gaza

Cent ans de solitude

Contes à l'envers

Contes et nouvelles en vers

Dalva

Jean de Florette

L'homme qui voulait être heureux

L'île mystérieuse

La Dame aux camélias

La petite sirène

La planète des singes

La Religieuse

1984 A l'Ouest rien de nouveau

Aliocha

Andromaque

Au bonheur des dames

Bel ami

Bérénice

Caligula

Cannibale

Carmen

Chronique d'une mort annoncée

Contes des frères Grimm

Cyrano de Bergerac

Des souris et des hommes

Deux ans de vacances

Dom Juan

Electre

En attendant Godot

Enfance

Eugénie Grandet

Fahrenheit 451

Fin de partie

Frankenstein

Gargantua

Germinal

Hamlet

Horace

Huis Clos

Jacques le fataliste

Jane Eyre

Knock

L'homme qui rit

La Bête humaine

La Cantatrice Chauve

La chartreuse de Parme

La cousine Bette

La Curée

La Farce de Maitre Pathelin

La ferme des animaux

La guerre de Troie n'aura pas lieu

La leçon

La Machine Infernale

La métamorphose

La mort du roi Tsongor

La nuit des temps

La nuit du renard

La Parure

La peau de chagrin

La Petite Fille de Monsieur Linh

La Photo qui tue

La Plage d'Ostende

La princesse de Clèves

La promesse de l'aube

La Vénus d'Ille

La vie devant soi

L'alchimiste

L'Amant

L'Ami retrouvé

L'appel de la forêt

L'assassin habite au 21

L'assommoir

L'attentat

L'attrape-coeurs

Le Bal

Le Barbier de Séville

Le Bourgeois Gentilhomme

Le Capitaine Fracasse

Le chat noir

Le chien des Baskerville

Le Cid

Le Colonel Chabert

Le Comte de Monte-Cristo

Le dernier jour d'un condamné

Le diable au corps

Le Grand Meaulnes

Le Grand Troupeau

Le Horla

Le jeu de l'amour et du hasard

Le Joueur d'échecs

Le Lion

Le liseur

Le malade imaginaire

Le Mariage de Figaro

Le meilleur des mondes

Le Monde comme il va

Le Parfum

Le Passeur

Le Petit Prince

Le pianiste

Le Prince

Le Roman de la momie

Le Roman de Renart

Le Rouge et le Noir

Le Soleil des Scortas

Le Tartuffe

Le vieux qui lisait des romans d'amour

L'Ecole des Femmes

L'Ecume Des Jours

Les Bonnes

Les Caprices de Marianne

Les cerfs-volants de Kaboul

Les contes de la Bécasse

Les dix petits nègres

Les femmes savantes

Les fourberies de Scapin

Les Justes

Les Lettres Persanes

Les liaisons dangereuses

Les Métamorphoses

Les Mouches

Les Trois mousquetaires

L'étrange cas du Dr Jekyll et de Mr Hyde

L'Ile Au Trésor

L'île des esclaves

L'illusion comique

L'Ingénu

L'Odyssée

L'Ombre du vent

Lorenzaccio

Madame Bovary

Manon Lescaut

Micromégas

Mon ami Frédéric

Mon bel oranger

Nana

Ne tirez pas sur l'oiseau moqueur

Notre-Dame de Paris

Oliver twist

On ne badine pas avec l'amour

Oscar et la dame rose

Pantagruel

Le Misanthrope

Perceval ou le conte du Graal

Phèdre

Ravage

Roméo et Juliette

Ruy Blas

Sa Majesté des Mouches

Si c'est un homme

Stupeur et tremblements

Supplément au voyage de Bougainville

Tanguy

Thérèse Desqueyroux

Thérèse Raquin

Ubu Roi

Un Barrage contre le Pacifique

Un long dimanche de fiançailles

Un secret

Vendredi ou la vie sauvage

Vipère au poing

Voyage au bout de la nuit

Voyage au centre de la terre

Yvain ou le Chevalier au lion

Zadig

À propos de la collection

La série FichesdeLecture.com offre des contenus éducatifs aux étudiants et aux professeurs tels que : des résumés, des analyses littéraires, des questionnaires et des commentaires sur la littérature moderne et classique. Nos documents sont prévus comme des compléments à la lecture des oeuvres originales et aide les étudiants à comprendre la littérature.

Fondé en 2001, notre site FichesdeLectures.com s'est développé très rapidement et propose désormais plus de 2500 documents directement téléchargeables en ligne, devenant ainsi le premier site d'analyses littéraires en ligne de langue française.

FichesdeLecture est partenaire du Ministère de l'Education du Luxembourg depuis 2009.

Plus d'informations sur www.fichesdelecture.com

Notes :